à Emilia et Romeo

Loi numéro 49 956 du 16 juillet 1949 sur les publications
destinées à la jeunesse : septembre 2003
Dépôt légal : novembre 2004
Imprimé en France par Aubin Imprimeur à Poitiers

Pascale Bougeault

Rosalie chérie

l'école des loisirs
11, rue de Sèvres, Paris 6e

Tous les matins, c'est le même cinéma :
« Rosalie, réveille-toi ! »

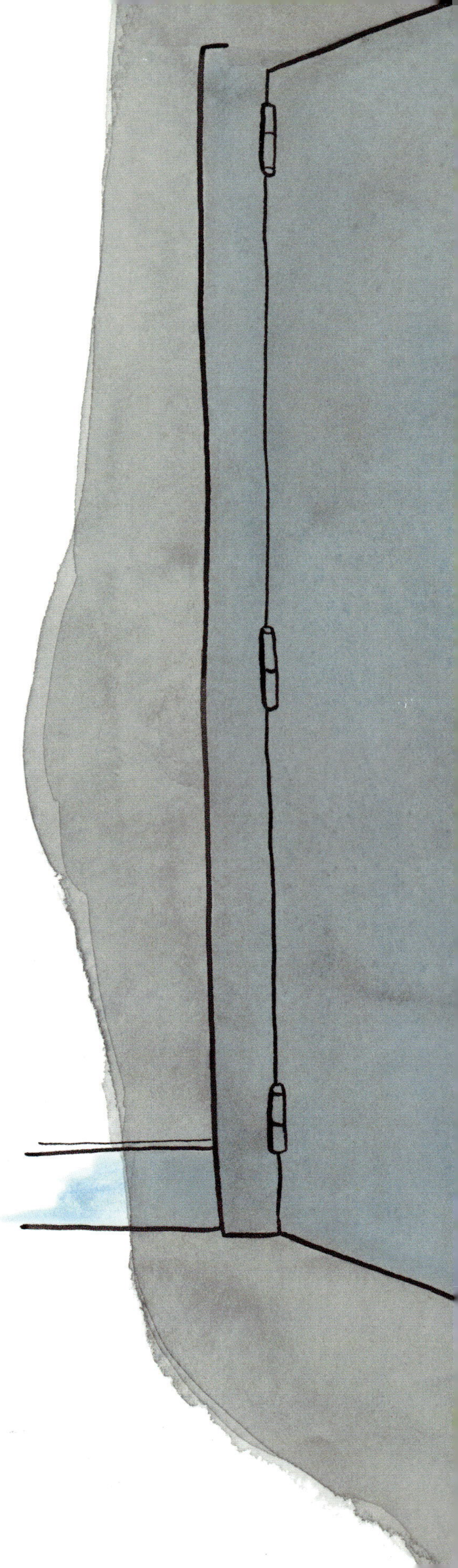

Tous les matins, maman rouspète :
« Rosalie, bois ton lait ! »

« Rosalie, brosse-toi les dents, il est grand temps ! »

Tous les matins,
maman dit
que c'est la dernière fois :
« Rosalie, habille-toi ! »

« Rosalie, coiffe-toi ! »

Et VLAN ! Maman est partie,
laissant là sa fille chérie !

« Pas de panique ! » dit Rosalie.
« Un t-shirt,

deux chaussettes,
des chaussures, une jupe … »

« et un bob pour cacher
mes cheveux tout emmêlés ! »

« Et si je cours vite,
j'arriverai avant maîtresse Lili. »

Mais Rosalie
a juste fait un petit oubli.

Et maman, aussi !

Maman a oublié d'embrasser sa petite chérie
et la petite chérie a oublié
de mettre une culotte. Vite, vite…

Plus vite, les filles ! Maîtresse Lili va commencer…

Mais pourquoi les grilles de l'école sont-elles fermées ?
Crotte de biquounette ! Aujourd'hui, on est mercredi…
Reviens demain, petite chérie !